이야기 시
[첫 번째 인어 이야기]

시(詩)어머니

김선자

창조와지식   전라 남도 문화재단

詩어머니

초판 1쇄 발행_ 2023년 12월 31일

지은이_ 김선자
검수_ 배숙희, 임슬기
표지 그림_ 한예림
펴낸이_ 김동명
펴낸곳_ 도서출판 창조와 지식
인쇄처_ (주)북모아

출판등록번호_ 제2018-000027호
주소_ 서울특별시 강북구 덕릉로 144
전화_ 1644-1814
팩스_ 02-2275-8577

ISBN 979-11-6003-683-1 (03810)

정가 20,000원

이야기 시 [첫 번째 인어 이야기]

詩어머니

김선자

들어가는 말

시어머니와 함께 산 지 십 년이 넘었다.
어머니이기 보다는 할머니에 가까운,
언제나 환한 웃음으로 며느리를 맞아주시던 분이었다.

어머니와 함께 산다는 것이 참 기대되는 일이었다.
함께 하고 싶은 일도 많았고
함께 웃고 함께 음식을 만들며
이것저것 어머니께 해 드리고 싶은 것들이 많았다.

그러다 알게 되었다.
내가 얼마나 아무것도 모르는 가를 말이다.

어머님은 절대 변하지 않는 거대한 산이었다.
전혀 다른 환경의 삶을 살아온 만큼
자기만의 고집과 생활방식이 명확했으며
이것은 우리 가정의 살아온 방식에
새롭게 맞닥뜨려지는 위기이기도 했다.

맞춰가려고 삼 년 정도의 시간을 많이 아팠다.
나만 참은 것은 아니었다. 어머니도 많이 참으셨으리라
다른 생활 습관과 방식을 참기만하다가
터질 때 쯤 맞이하게 된 손님, 치매

빨리 알아챈 까닭에 치매는 십 년이란 기간 동안 서서히 뿌리내렸다.
어떤 때는 환청에 또 어떤 때는 환상에
그리고 치매는 어머니의 성격까지 조금씩 변화시켰다.

어머니의 변화를 주시하고 의사와 상담을 통해
현상에 맞는 약을 복용하는 것은 중요한 일이었다.

어쩌면 치매는 어머니가 원래는 인어였음을 알려주는
표징 같은 것인지도 몰랐다.
고귀하고 아름다운 인어, 그렇게 나의 인어 이야기도
시작하게 되었다.

목차

목차

2부 [일상]

3부 [치매는 언어가 된다는 것]

목차

4부 [다시 어머니]

목차

5부 [늦은 마음]

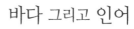

바다 그리고 인어

울 어머닌 인어

육지와 바다를 넘나들 수 있는
현실과 환상의 경계가 희미해지는
현재와 과거가 뒤섞이는
때로
사람과 사람에 대한 기억이
뒤섞일 수도 있는

고집 세고 외로운 인어.

바다가 보고 싶다고

바다가 보고 싶다고
보채어서 모시고 왔어
다른 집에서는
바다가 안 들어온다 했지
우리 집도 바다에서
멀디멀었는데

밖이 훤히 보이는 창이 큰 방에
벽지를 바르고
바다로 가는 길
그림 하나 걸어 두었지

같이 살다
바다를 만날 수도 있다 했어
공기 중에 짠내가 돌면
짭쪼름하고 습한 바다 공기가
어머니 방으로 불어오는 중이니
그렇겠거니 하라 했지
그렇게 살았어 우리 함께.

일상

어르신 유치원이 생긴 후로
어머니 방의 물때 드는 시간이 생겼다
이른 아침 드시고 나면
아들이건 며느리건 손주건 썰물을 타고
좌르륵 빠져나가 버리고
어머니도, 들어오는 요양보호사의
부축을 받고 빈 배에 실려 물길 따라
흘러흘러 가고
그렇게 종일 빈 섬은 고양이들이 주인 되어
창문 아래서 볕을 끌어다 나른한 몸에 덮어 눕고
또 화물선처럼 물건을 싣고 택배차가 짐 하나
문 앞에 덩그러니 두고 떠나는 걸 보고
저녁이 되면 들어오는 물 따라
멀리 나갔던 어머니가 저녁 막 드시고
돌아오고
하나둘 아들과 며느리도 돌아오고
손주들도 돌아오고
고양이는 마당이나 어슬렁거리고
섬에는 저녁 밥상 차리는 소리 분주한데

"저녁 언제 먹나?"

재촉하는 어머니 목소리 문밖으로 돋고.

우두커니

우두커니 앉아 계실 때
마음은 먼 곳을 뱅뱅 돈다
어머니를 흔들면
어디 나갔던 길에서 순식간에 돌아온다
침대 위에 걸터 앉아서
서서히 바다가 들면
때로 어머니는 바위섬 가장자리에 붙은
삿갓조개가 된다.

방과 방

거친 물살을 헤치고 어찌 내게 찾아왔을까
새벽 잠을 걷어내고
뜬금없는 얼굴로 방문을 열고는
수심 깊은 바다 들여다 놓고는

해종일 나 기다렸다고
TV가 안 나온다고
리모컨으로 끌어당기던 이웃들
울고 웃던 사람들이 죄 어디로 갔는지
보이지 않아 걱정된다고
저녁밥이나 한술 뜨고 이야기나 나누자고
비늘 벗겨진 꼬리 까딱까딱 흔들며
손을 붙든다
"어머니, 지금 새벽 5시에요. 주무실 시간이에요."말에
"지금 저녁이어야. 새벽 아니어. 갑자기 TV 안 나온께 신경질이 난다."
리모컨 버튼을 죄다 누르고
누구야, 누구야, 불러도
아무도 내다보지 않는다고
파란 물 넘실대는 화면을 바라보며 궁싯거린다.

얼마나 놀랐을까

후덥지근한 이른 아침
바다, 저도 고요한데
언제 육지에 올라 맨발로 헤맸는지
부엌살림 다 열고 닫던
지친 인어를 만났다
-뭘 찾으세요?
-꿈에 영감이 배가 먹고 싶다고
배를 가져오라고 안 그냐

뭔 힘으로 혼자 바다를 건너왔을까
맹렬한 기세로 울어대는
매미 울음이 파도처럼 쏟아져서
지친 인어를 부축해
섬에 올려놓았다

그녀의 꿈에 내가 불쑥 끼어들어
얼마나 놀랐을까......

하루는

육지가 그리워서 바다에 꼬리만 담근
인어는
섬에 몸 누이고
어떤 날은 깊은 잠수도 싫증이 나서
너럭바위에 반쯤 몸 일으킨 채로
섬 가로 오가는 사람들을
구경이나 하고 있는 것이다

휠체어에 기대어 몸을 끌어도 보는 것이다

하루가 멀다 하고 비늘이 떨어져 나간
꼬리는 제대로 팔딱이지 못하는 날이 늘고
옛적 일들이 가라앉은 깊은 바다로
들어가고 싶은 마음 둥둥
떠다니기도 하는 것이다.

외출

장맛비가 내려
며칠 섬에 갇혀 지내던 어머니는
머리가 길었다고
파마하러 간다고 졸라대었다

긴 장마 그치면 햇빛 쐬러 가자고
거실 창문 너머 바다를 불렀지만
어머닌 섬에 납작 엎디어
요동을 않는다 그러다

—나 며칠 큰아들 집에 다녀올란다
큰아들 못 오면 버스 타고 가련다
물 밖으로 주섬주섬 채비하듯
꼬리를 감추고 다릴 내민다

행여 넘어질세라
비린 냄새 닦아낸 어머니를 거들어
소재지 미용실을 찾았다
장마 끝 무렵 길은 젖어 미끄럽고
사납기까지 하였다.

잠수

서운하다 말이라도 하려 하면
어느새 어머니는 잠수를 탄다

방 안 가득 차오른 물살을 따라
바다 심중으로 나아가
돌고래들이라도 만나고 오는지
입을 벌려 큰 숨을 품어내며
돌아올 줄 모른다

그러면 나는 또 서운한 것들
한 뭉치 들고 가서는
어머니 침대 맡에 철썩이는 파도에나
쓸려가라고 놓아두고
가만히 문을 닫는다

저 문 안의 바다는 깊고 멀었다.

가끔

어머니 방 닫힌 문 안에서
바다가 출렁대어 들여다보면
꼬리를 잃어버린 어머니가
발밑에 물결을 피해 침대에 올라앉아 있다

바다는 밀려오다 침대 부근을 넘어오지 못하고
쏴르르 쏵 파도만 풀어놓다가
빠져나가는 날은

기우뚱기우뚱 서툰 걸음으로
땅이나 디뎌보는 어머니가
저녁 먹고 돌아서서
—밥 언제 주냐
묻는 것이다.

인어의 시간

어머니는 저 깊은 바다를 유영하느라
쉽사리 돌아오지 않는다
거대한 어둠이 풀어지는 곳에서부터
물결이 차오르면 가벼이 물에 누워
몇 번 방안을 휘휘 둘러보고는
낡은 꼬리에 힘을 주고 간다

조금씩 조금씩 가닿을 수 있는 바닷길
여기저기 새롭게 난 길들 앞에서
신이라도 난 듯
물풀들을 헤치고 멀리 간다
산호초 숲을 지나서 더 멀리 간다

돌아오는 시간이 점점 길어지고 있다.

글쎄

방문 안쪽에서 어머님은 안 계실걸

짙은 물풀 같은 보라색 겨울 외투 둘러쓰고
발끝부터 턱 아래로 꽁꽁 싸매고
오늘은 어디 겨울바다 속이나 헤메시나 부지

방바닥 서늘하게 에어컨 틀어놓고
왜 이리 춥다냐 하시다가도
에어컨 꺼드릴까요? 말할라치면
—아니다, 날 뜨거운디 놔둬라

깊은 바닷속같이 서늘한 곳 빙빙 돌다 오시려는가
우리 어머니 잠도 길다.

해가 뉘엿거리면

TV 틀어진 시간이 줄었다
다리가 아프다고 침대에 누우면
까무룩 잠든 사이
순식간에 바다가 들어차고
어머닌 벌써 인어가 되어
옛집이나 들러
물풀 사이를 돌고 돌아
언니들을 찾는 것이다
종일 헤엄치며 놀다가
해가 뉘엿거리면
―그만 놀고 밥 먹어야죠
소리에
귀만 먼저 순식간에 돌아오는 것이다.

길어진 잠

왜 잠이 깊어졌을까
저녁은 아직 먼데
어머니 돌아오시지 않네
통통하던 얼굴 야위어
광대뼈만 불거져서
바다 어디쯤 뛰노느라고
돌아오시지 않나

볕 좋은 날
너럭바위에 앉아
낡은 꼬리 비늘을 고르며
두런두런 물속 이야기나 듣고
먼저 떠나간 영감 이야기도 듣고
챙이 넓은 모자 사러 간다는
이야기도 들었으면......

별

모든 죽어가는 것을 사랑해야지*

잠 속 깊이 계신 어머니가
바다에 너무 오래 있었는지
반쯤 파리한 얼굴로 누워있다

혼자 서성이며 기다리다 출근을 한다
하르르 침대 위로 쏟아지던 TV소리를 끄면
—나 안 잔다
하더니 언제부턴가
잠은 곧바로 깊은 바다로
어머니를 이끌고
멀리 돌아오는지
저녁에도 기척이 없다

물속에 오래 있어 파리해진 몸만
차가울까 봐 면이불 끌어 덮이고 나오면

별이 바람에 스치운다*

*윤동주의 서시 인용

섬

이제 당신의 바다에 배가 오지 않아요
수평선 너머는 고요하고
밤은 더 이상 때가 밀리지 않은 등짝처럼
매끄러운 어둠으로 덮여서
아직 남은 몇 개의 별로 추억할 뿐이죠
추억은 선명하고 밝아서 더 오래도록 빛나지만
당신이 거기 가 계실 동안
허물이 일듯 비늘 벗겨진 채 꼬리는
낡아지고 있을 거예요

밀물이 먼바다에서 가져온 이야기들을
섬 곁으로 쏟아내던 걸 기억하나요?
파도처럼 귓가에 부어지던
당신의 한 생애 이야기들이
섬 위에서
고요한 별들로 저물고 있는 저녁

이제 더 이상 당신의 바다에 풍랑이 일지 않아요.

집이 텅 비었어

집이 텅 비었어
119가 다녀가면서
어머님만 싣고 간 게 아닌가 봐

시도 때도 없이 들던 바다가,
방을 꽉 채우고
어머니 어릴 적 살던 동네까지
물길을 열던 바다가
같이 가 버렸어

갯바위나 같았던 섬은
다시 침대가 되고
물건들도 제자리 찾아 가지런해졌어
파도 소리도 그치고
물결에 옷 젖을 일도 없어진
조그만 어머니 방이
오늘 참 고요하기만 하네.

빈방

어머니 요양병원에 입원하신 뒤
산소호흡기, 소변줄
뗄 정도는 됐다는데

낯선 이들 속에서
모두 놓아버리신 건지
기억이 엉크러져 갔어

난 두려워졌지
나도 몰라볼까봐
그리움 들추듯 어머니 빈방
문을 열었는데
바다가 온데간데없어졌어
외로움 높이며
침대를 철썩이던 파도가 사라지고
베시시 웃음 짓던 미소도 사라지고
닦아내도 닦아내도 없어지지 않던
오줌 냄새도 없어졌는데

빈방이

마냥 쓸쓸해보여서

이렇게 울컥할 줄 몰랐어.

돌아올 것 같아도

돌아올 것 같아도
좀체 올 수 없나 봐
산소포화도 낮다고 코에 호스 끼우고
TV도 없는 병실에
줄줄이 누워
때 되면 죽 한술 뜨다가
어쩌다 찾아오는 자식 보이려
낯바닥을 씻고
병상째 들려 내려와
얼굴 비춰주는 것

병실로 돌아가면
금새 침상으로 바다가 차올라서
자식 왔다간 건 또 잊어버리고
몸 엎치락뒤치락하지도 못하는
인어들만 또 줄줄이 누워
자꾸 더 깊은 바닷속 일에나 기웃거리고
그러다 옛적 고향이라도 찾아가면
엄마 살 냄새 부벼도 보고

침대에 묶어논다는 게

병원에서
침대에 묶어논다는 게
남의 일인 줄 알았더니
울 어머니 보따리도 꾸리지 않고
침대를 나와 바다로 가려
자꾸 떨어진대 저 물속으로

몸 뒤척이지도 못하면서
무슨 힘으로 나서실까

어디 온돌 자리 봐 드려야겠네.

어머닐 봤어

어머닐 봤어
요양병원에 입원하고 일주일 만이야
침대째 내려오셨어
승강장 문 안에 누워서

꼭 세실 양반 같기도 하고
세실 댁 같기도 하고
지푸실댁 같기도 한 얼굴
꼭 그런 얼굴을 하고
어머니가 계셨어

눈물 바람 하면
우리 서로 어쩌나 걱정이었지
밥 시간을 앞둔 짧은 면회라
할 말도 다 못하고
들을 말도 다 못 듣고
손만 만지작거리며

얼굴 더 좋아졌다고
다음에 올 때 이것저것 챙겨 오겠다고
쫓기듯 나왔어
숨을 참고, 잠수하다가 물속을 나온 것처럼

어머니 계신 곳은 벌써 물에 잠기듯
문이 닫히고
가까스로 참았던 숨
내쉬며 돌아오는 길……

어쩌자고 익숙해질까

어쩌자고 익숙해질까
아직은 주인 찾지 못한 빈방
살다간 사람 흔적은
고스란한대
몸만 빠져나간 지 한 달

어머니 요양병원에 새 방 마련하고
개운하게 목욕했다며
화안한 얼굴로
웃음 짓는 거 보고
그네가 자식이구나 싶어.

일상

퇴근하고 돌아오면

퇴근하고 돌아오면
어머니 방문을 연다
'아, 어머니 안 계시지.'

가방을 놓고 소파에 앉으면
어머니 닫힌 방문이 보인다

가만있으면
꼭 TV소리가 나즈막히 들리는 것도
어머니 몸 뒤척이는 소리 들리는 것도
"배 고프다, 밥 주라"
말하는 소리 들리는 것도 같아서
꼭 그러는 것만 같아서
한 번 더 방문을 열어본다.

결국 나도 저리 될 테지

결국 나도 저리 될 테지
원하지 않아도 가야 할 테지
내 집, 내 방, 내 물건들
놔두고 빈손으로 떠나겠지
바람 같은 내가
요양보호사들 말에 순응하는 것
익혀야 할 테지
모든 것을 의탁해야 숨을 연명하겠지
아, 사랑하는 것들
모든 사랑하는 것들
내가 꾸미던 정원
나무와 꽃들,
저 풀 한 포기도
어미 잃고 모여든 고양이들도
새벽부터 목청 돋우는 닭들도
순하고 겁 많은 노랑이도
모두 놔두고 가야겠지
나를 더 이상 돌볼 수 없는
사랑하는 누군가와도 헤어져야겠지

아, 우리 어머니
얼마나 외로우실까.

낯선 사람들 곁에서

낯선 사람들 곁에서
두려우실 테다
친숙하지 않은 손길에
몸 맡기는 것
곤혹스러울 테다
내 방 놔두고 억지로 간 곳이
정 빨리 붙지도 않을 테다

젖먹이 어디 맡겨둔 듯
일이 손에 잡히지 않네
울 어머니 요양병원에서
잘 계시는지......

요양병원에선

할머니들 오손도손 이야기 나눌 수 있어
거기가 더 나을 거야
하루 종일 TV 소리 파도치듯
귓가로 몰려들어서
심심하지 않을 거야
대소변 보려고 자리에서 몸 일으키려
진력을 다하지 않아도 되어
거기가 더 편할 거야
끼니 되면 시간 맞춰 밥상이 차려지니
건강에는 좋을 거야

아, 어머니를
어찌 보러 갈까
데려가라 우시면
어찌 떼어놓고 올까
애절한 눈을 또 어찌 마주치고 있을까
돌아와 어머니 빈방을
또 어찌 지나쳐 갈 수 있을까.

한 번 더 방문 열어 드릴 걸

한 번 더 방문 열어 드릴 걸
한 번 더 변기통 비워드릴 걸
한 번 더 방바닥 닦아드릴 걸
한 번 더 곁에 앉아 드릴 걸
한 번 더 욕실 청소해 드릴 걸
한 번 더 옷가지 정리해 드릴 걸
한 번 더 쓰레기도 치워 드릴 걸
한 번 더 창문 열어 드릴 걸
한 번 더 손 잡아 드릴 걸
한 번 더 이야기 들어드릴 걸
한 번 더 사랑한다 말할 걸
한 번 더 꼭 안아드릴 걸
한 번 더 손 하트 뿅뿅 날릴 걸
한 번 더 발 닦아드릴 걸
한 번 더 이불 덮어 드릴 걸
한 번 더 옛 사진 넘겨보며
"어머니 참 고우셨네요"
말할 걸
후회할 줄 알았으면서도

정말

후회가 되네.

어머니 나 보고 싶어 어찌 계실까

어머니 나 보고 싶어 어찌 계실까
아침 드셔야 든든하신데
저녁도 먹고 한 번 더 드셔야 든든하신데
밥심으로 사신다고
힘내어 밥 자시고
그 힘으로 버티셨는데
밥 달란 소리나 할 수 있으려나
과자도 두유도 잘 안 자시고
과일을 꼭 드셔야 하는데
밥도 고봉으로 드려야
'잘 드셨다'하시는데
우리 어머니 기저귀 채우면
남이 대소변 닦아내면
밥 못 자시는데
우리 어머니 나 기다리시느라
눈 빠질지도 몰라
우리 어머니 나 기다리시다가
말라갈지도 몰라.

요양원

함께 낡아지던 집
껍데기처럼 벗어놓고 몸뚱이만 간다
마루로 올라오지 못해 팔을 뻗어 올리던
작두 샘에 마중물 부어 물을 끌어 올리던
치맛자락 잡고 울어재끼던
동생들 보기 싫다고 바구니 들고 나물 캐러 나가던
친구들하고 작대기 들고 논이며 밭이랑을 내 달리던
돌멩이나 주워다가 공기놀이한다고 땅바닥에 털푸덕 앉아
부르튼 손등 위로 잔돌을 튕겨 올리던
집 속에서 웅크리고 몸 붙이고 살았는데
그 기둥이며 툇마루가 반질반질 윤이 나도록
오르내리고 살았는데
앞마당 텃밭에 채소를 일구고
뒤란의 돌담 아래 토란도 심으면서
자식들만 바라보고 일평생 살았는데
관절이 내려앉은 날
몸을 옮겼다
몸뚱이만 가져온 사람들끼리 모인 곳에
마루와 토방을 만들지 못해자
식들은 올라설 곳 없다고 안부만 전하고 간다

평생 가져보지 못한 호사를 누리듯

몸 누일 침대 하나 얻어

종일 몸 쓸 일 없이 생각만 멀뚱하던......

치매는
인어가 된다는
것

이제 알겠어

갑자기 짜증이 돋고 욕을 많이 하는 것
뜻대로 안되면 견디지 못하는 것
어떤 일에 꽂히면 고집을 부리는 것
물건이 없어졌다고 오가는 사람 의심하는 것
비닐봉지 따위를 벽 틈 구석구석 끼워 두는 것
한동안 멍하니 앉아 있는 것
시샘이 많아져 입을 삐쭉삐쭉 거리는 것
죽은 이와 이야기 나누는 것
내 눈엔 안 보이는 어떤 현상들을 반복해서 보는 것
잠을 오래도록 자는 것
오늘 일도 어제 일도 잘 기억해 내지 못 하는 것
가끔 손주를 헷갈려하고
자식의 생사도 가물거리는 것
저녁 먹고도 안 먹은 것 같아 또 저녁 드시는 것
TV 리모컨이나
핸드폰 조작을 잊어버리는 것
자식이 다녀갔는지
설을 쇘는지 추석을 보냈는지도 잊고
다녀간 자식들도 잊어버리는 것

계속 변기통만 앉고 일어서고 반복하는 것
기저귀는 쏙쏙 빼 던지는 것
그러다 뒤척일 힘 없어 대소변 누고도
모르는 것

한 번씩은 장사되어
몸 불끈 일으키고
방에서 거실까지 걸어서 나와 있고
거실 무릎까지 오는 창을 넘어
밖으로 나와 있고
몸 뒤처이는 것도 못 하면서
방안 화장실에 나가있고
그러다 문득 정신 들면
바닥에 넘어져 있고
꿈속에서 고향 다녀온 걸
현실처럼 좋아하고

아, 어머닌 잃어버리지 않아야 하는데
낯선 이들 속에 들어가니
자꾸 어머니가 숨으려는 것......

어쩌다 저리 되셨을까

어쩌다 저리 되셨을까
평생 일만 하시다가
허리 굽고 무릎 상한 우리 어머니
마음은 이팔청춘 노래 부르시지만
핸드폰 여닫는 것도 버겁게 되었다
매일 TV 리모컨과 씨름하고
TV가 이상하다고 부르시고
찬바람 쌩쌩 돌게 에어컨 틀어놓고
어깨가 시렵다고 이불 둘러쓰고
조용히 꺼드리려면
"가만두어라 날이 덥다" 몸 뒤척이고
한 번씩 옷가지들 죄 꺼내놓고
"입으련다 손 닿는 곳에 놓아둬라"하고
벽마다 사진들 붙여두어도
누구인지 가끔씩 잊어버리고
꿈인지 생시인지 구별이 안돼
죽은 남편 '배'자신다고 가져오라 시고
어찌 저리 되셨을까 우리 어머니
대소변도 혼자 누이지 못하게 되어

눕고 앉는 것도 이제 뜻대로
안되는 날
나도 저런 날 오겠지 싶어
한없이 눈물 돋우려는 날.

매일 저녁 넉다운이다

매일 저녁 넉다운이다
어머님 몸은 점점 통제되지 않는다
시도 때도 없이 누워서는
시도 때도 없이 바다로 간다
오늘처럼 저녁에 만나면
밥 자시고 또 배가 고파 밥 달라시고
다리와 꼬리 사이에서 갸우뚱거리실 땐
옷이 젖는다
엉덩이 들썩이지 못하니
기저귀 밀어 넣을 틈도 없다
그러다 해맑은 눈으로
"고맙다"한마디 건네시면
괜시리 눈물 돈다
언젠들 이리 되고 싶은 이 누가 있으랴
힘에 부쳐
"한 달만 요양원에 가 계실래요?"
물으면 "죽어도 아니 간다" 하시는 통에
매일매일 격투기 벌이듯
라운드에 서서 "땡"

소리에 맞춰 무대에서 내려오기를

오늘 하루도 경기 잘 치렀다 스스로

다독이며 내일의 결전을 또 다짐한다.

시도 때도 없이

시도 때도 없이 일어나
"밥 주라"시고
시도 때도 없이 누워 잠 주무시고
시도 때도 없이 옷장 열어
옷 보퉁이 싸고

어느 날 문득 나도
시도 때도 없이 방 열고 들어가
청소하고는
"이제 주무세요"
"자?"
"네, 지금 새벽이에요"한다.

두 어머니

무릎 수술을 마치고 퉁퉁 부은 다리로
친정어머니가 오셨다
벽 사이로 시어머니와 친정어머니가
나란히 누워 잠을 이루신다
친정어머니가 시어머니 방에서
침대 끝에 걸터앉아
밤늦도록 '미스 트롯'을 보다 가니
시어머니 잠이 짧아 설치셨나 보다
뜬금없이 새벽녘에 저녁밥 안치신다고
쌀을 찾고
뜬금없이 밥이 왜 이리 차냐고 지천하시더니
친정어머니가 TV를 고장 냈다고
리모컨을 고쳐보란다
새벽에 자는 이 깨워 방으로 이끌더니
해가 저무니 이야기나 하잖다.

머릿속 지우개

어머니 눈동자에
회색 그늘처럼 지우개 하나 보이네
쓰윽 쓱 몇 줄이나 지웠던지
'오늘은 뭔 날인가?' 묻고
아침인지 저녁인지 묻고
'내가 밥 먹었던가' 묻고
'저녁밥은 안 준가' 또 묻고
어쩔 때는 밥 자시고도
'밥은 언제 준가?' 묻고.

어느 날은

이불을 둘러쓰고 선풍기만 돌린 채
있는 것이다
볕 뜨겁다고 밖으로 나오지 말라는
면사무소 방송이 떠밀려 내려왔는데
주워서 듣고도 괜찮다고
에어컨은 쳐다도 안 본다
하얀 가루들이 쏟아져 흘러내리는 게
안 보이냐고 묻고는
저 가루들 때문에 냄새나서 숨쉬기 힘들다고
잘 때도 마스크를 쓴다
오후면
육지에서 애먼 소식이나 허드레로 풀어놓는
여자가 오가는 것도 싫어
그녀가 이불을 베고 누웠다고
새 이불 꺼내 덮고는
잃어버린 건 없는지 전전긍긍
섬 위에서 몸만 뒤척이는 것이다.

꿈속인 듯 아닌 듯

꿈을 꾸었는데
잠 속에서 그를 보았는데
그는 여전히
옆에 있다네

방문이 열리면
와르르 쏟아져 밀려가던 바다는
언제부턴가
어머니 방을 꽉 채우고
거실로 마당으로
부풀어 올랐네.

갑자기

물의 수위가 높아지는 건
갑자기다

먼데, 바다에 놀다 오는 길이
늦어지는 것도
갑자기다

고집의 두께가 두껍고
질겨질수록
알아채야 하는 거다

손을 붙잡지 않으면
한 걸음 내딛기도 힘겹고
앉은 자리 일어서는 건
조가비 살 떼어내는 것처럼
어려운 것이라는 걸
한 생애 들었다 올리는
것이라는 걸.

어머니의 길

늘 오가던 길이라
눈 감고도 갈 수 있는 데
어느 때는 여기가
어.
딘.
가.
싶을 때가 있다셨지
앞이 먹먹해지는 시간
그럴 땐 그냥 가만히 서 있는다고
차츰차츰 눈에 들어오는 것들
귀에 들어오는 것들

아무렴 어때
내가 누구인지 이름표라도 하나 달고 있다면
낯설은 길이라도 이때다 싶어 디뎌보면 된다고...

어머니의 나이

하고 싶은 것만 집중할 수 있는 나이
쓸모에 따라 일의 우선순위를 두지 않는 나이
갑자기 먼 데 밭 가장자리 돋은 풀이
얼마나 자랐는지 생각나
집을 나서는 나이

문득 모든 것이 하얘지는 나이
그래서 길을 걷다가 우두커니 서 있는 나이
집 모퉁이 골목길이 잠깐씩 지워지는 나이
버스를 타고 내린 곳이 새삼스러워지는 나이
무작정 남 뒤를 따라가 보기도 하는 나이

마른 우물처럼 이명이 돌던 때가 지나
들리는 소리가 엷어지고 말라버린 때에는
침묵의 바다에 생각 등불만 지펴있어

하루에도 몇 번씩 자식에 집중하는 나이
사방으로 열어젖혔던 문들 다 닫히고
그래서 지나온 길을 자꾸 더듬게 되는 나이

한 이야기 또 하고 한 이야기 또 해도
다른 이야기의 문들마저 모조리 닫혀버리는 중이라
오롯이 보이는 등대 불빛처럼
자꾸만 되뇌이며 옛일로 거슬러 올라가는
어머니의 나이.

놔 둬라

―놔 둬라 다 쓸 데가 있다

몸이 힘드니
모든 것을 주변에
끌어다 놓으신다

보자기 뭉치, 비닐봉지 뭉치, 화장지 쪼가리
고무줄, 옷핀, 빈 병들
천 쪼가리들을 치워내다가

어머니에겐 물건이나 사람이나
어느 것 하나 버릴 게 없다는 생각이 들었다.

바삐 움직이는 때

젊은 날은
몸 바삐 움직이느라
마음 소원해지는 줄 몰랐지

나이 들면
몸이 출항에 지친 낡은 선박처럼
닻줄을 내리고 침대를 맴돌 줄도 몰랐지

몸 묶일 때 이제야
마음 바삐 움직이는 때라는 걸
차마 몰랐지

고향 언저리를 가 보다가
그리운 얼굴들을 만나고
엄마라도 만나는 날엔
서러움 잔뜩 돋은 얼굴로
투정이나 맘껏 부려도 보다가
돌아오기 싫어 사립문 주위나 뱅뱅 돌다가
가거라 가거라 밀치는 엄마가 야속해

눈이나 힐끗 거리다가
한껏 피곤에 지친 몸으로 돌아와 누우면

—어머니 왜 계속 잠만 주무셔요?
걱정 어린 목소리도 들렸지.

외출

―나 방금 밖에 나갔다 왔어

언제 나가셨는데요

―꿈에

꿈에?

―응 꿈에 그래서 힘들어

꿈에 돌아다녀서 힘드셔요?

―응 고되고 힘들어

꿈 속 일에도 마음 쓰면 힘에 부치는 날 오나 보다.

내일은

서울 사는 경순이 출산일이 가까워졌다는데
느닷없이
경순이 결혼식에 비행기 타고 다녀오잖다
좀 전의 저녁은 맛있었냐 물으니 아직 안 먹었단다
토요일은 마늘 사러 장에 가야 한단다
출산 앞둔 경순이 용돈을 준다고
달력 뒷장에
손녀딸 30만 원
약값 5만 원
적어 놓더니 그새 비행기 타고 서울 다녀올 생각을 한다
"먼께 경순이 결혼식은 비행기 타고 가세"
"네, 어머니"
대답을 하고 마른 침상에 눕는 남편의 등이 무겁게 처진다
아무래도 햇살 꺾이는 바다 광장에
내일은 모셔야겠다.

오메

−아가 니 아버지 좀 어떠시냐?
괜찮으셔요
−오메~ 다행이다

−아가 니 아버지 좀 어떠시냐?
괜찮으셔요
−오메~ 다행이다

−아가 니 아버지......

어머니로부터
하루 사이에 벌써
다섯 번째 전화를 받았다

부쩍 기력이 달리신 모양이다
대상포진이 심한 친정아버지
입원하신다는 소식을 듣고
오메~ 다행이다
소리에

심장이 덜컹 내려앉는다.

청춘이 있었지

한 말 또 하고
또 해도 했는지 기억이 안 나
다시 또 하고

어머니 얼굴을
지긋이
들여다봅니다, 보고 있으면

어머니 예닐곱 소녀 때
햇살 닮은 고운 얼굴
꼭 그런 얼굴이
비쳐옵니다.

나도

가스 불에 찌개를 올려놓고 잠깐 밥 먹는 새 잊겠지

아침잠이 없어져 일어나면 꿈지럭꿈지럭

마당을 쓸고 개밥을 주느라

굽어진 허리 펴지지 않아도

물주전자 들어 한 발자국 앞에 놓고 한 걸음 떼고

또 한 발자국 앞에 놓고 한 걸음 떼겠지

맛있는 음식 있으면 자식 앞에 밀어놓고 '먹어라 먹어라' 하겠지

연속극 할 때면 "저년 저년"하며 아쉬워하고

박수 치며 희노애락을 풀어놓겠지

꿈벅꿈벅 졸더라도

잠 귀 뒤로 흘러가는 가요무대 옛 노래 들으며 향수를 달래겠지

코를 골며 자다가도

TV 끄는 기척은 어떻게 알아 "나 안 잔다"말하겠지

문득 남편 밥은 누워서 먹는다는데

먼저 간 남편 야속해 생각도 안 난다, 시원하다 너스레를 떨겠지

요실금에 오줌 급하다고 구석진 데다 쉬를 해도

부끄럽지 않는 때가 오겠지

몸에 힘 다 빠져 발보다 마음 먼저 나가도

할 수 있을 것 같은 생각은 아직 창창하여

고집 더 세어지는 때도 오겠지

열여섯 눈에 담던 지천의 꽃들처럼
연분홍 옷가지가 고와질 때가 있겠지.

어머니의 시간

발밑이 어둑하다신다
시간은 어머니 발 언저리서 맴도는 지
때로
여기 어디인지, 내가 무엇 하러 인지
모르게
아무데고
우두커니
세워두기도 한다

어떤 날은
저 혼자 쏜살같다가도

어떤 날은
어머니 안에서
웅덩이 속같이 고여 흐른다.

다시 어머니

어머니는 집

어머니는 집
날마다 가까스로 일으켜진 집
마디마디 닳아버린 관절이 저녁이면
조금씩 내려앉느라
신음 소리 툭 놓여지던 집

나무 기둥 아래로 흙 부스러기 떨어지고
모서리 같은 데는 거미에게나 세내주고
자식들 북적이던 방 몇 개는 벌써 한기가 들어
냉기 도는 손 발
허리야 무릎이야 성한데 없어
밤새 눕던 자리 돌려 누우려고
끙
몸 옮기는 소리
바람 들어 차,
발 뿌리부터 휘청거리던 집

새벽이면 하나님 앞에 앉아
고요한 눈물이나 되어보던 집.

어머니 좋아하는 날

어머니 좋아하는 날
유치원 안 가는 날
늘 꼬물꼬물 주무시는데도
늘 잠이 부족하다고 자울자울 졸고
늘 숨소리 깊이 주무시는데도
깨우면 돌아누워 미동도 않고
아침 드시면 주무시고
점심 드시면 주무시고
저녁 드시면 주무셔도
"피곤한 께 자고 싶다" 돌아누워 주무시고
저 잠 속 깊이 돌아가 한 참이나 놀다와도
미련 남은 아이처럼 베개에 머리 고이시고
어쩌다 마당이라도 나온 날은
한 발 걷는 일이 태산 옮기는 일인 양
하다가도
얼굴에 모처럼 미소 띠어 보이시는
해 부드런 봄날.

어머니, 아침이에요

-어머니, 아침이에요, 일어나셔서 식사하셔야죠?
-어서 유치원 갈 채비도 하셔야죠?
부산하게 출근 준비하고
또 방문을 열면
아침 드시고 도로 누워 주무시고
어떤 때는 대답만 흘려놓고
밥도 안 드시고 주무시고
-어머니, 나 출근해요, 밥 꼭 드세요, 지금요~
당부하고 나가선 어머니 생각은 저 마음 밑바닥에
던져두고 까마득히 잊다가 돌아오면
어머니도 돌아와 있고
저녁 막 드시고 왔다는데도
"나 배고파, 밥 언제 주나"
한 상 차려 드리고 나서 밤 깊어 잠자리 들려 하면
"나, 저녁은 안 주나"
-좀 전에 드셨어요
해도 안 드셨다, 기억 없다, 배 고프다
그래, 다시 한 상 차려드리면
어떤 날은 드시고 또 어떤 날은
"이상하게 밥이 안 들어가네"하시며 숟가락 놓으시고......

보퉁이 싸들고

보퉁이 싸들고 어딜 그리 갔을까
95세 세실댁 홀로 남아서
한 번씩 짐봇따리 싸들고 어딘가로 떠났어
그때는 미처 몰랐지
-왜 자꾸 보따리 챙겨 나가시냐
타박만 늘어놓고, 행여
어디 길에서 놓칠까 전전긍긍했었지

어머니랑 함께 살았어
그러다 봤지
한 번씩 이 보퉁이 저 보퉁이 내리고 꾸리는 것을
정작 119에 실려 집 떠날 때는
보퉁이도 하나 챙기지도 못 했지

빈 방만 들여다보고
들여다보다
문득
세실댁 보퉁이 챙겨 길 나서던 일이 생각났어
어디를 가고 계셨던 걸까

세실댁도

그 맘때쯤엔 고향 어디를

찾아가고 있었을 지도 몰라

어머니 방 안에 서니

세실댁이 보따리 들고

"어여 가세" 꼭 부르는 것만 같네.

하루 종일 뭐했을까

하루 종일 뭐했을까
아는 이 하나 없는데
방 안에서 티비나 보다가
멸치 내장이나 따다가
옳지
오디나 줍다가
오디에 설탕재워 유리병 채우다가
먼데 아들 줘야지 하다가
그래도 심심하여
개밥이나 끓이다가
한 솥 두 솥 끓여 냉장고에 쟁여두다가
옳거니
묵은 김치 꺼내 '다다다'다져서
닭밥이나 만들다가
해지면 누워서 가요무대 틀어놓고
자올자올 하다가
끄는 기척 들리면
"나, 안 잔다"
한 마디 던지다가...

나보고 오래 살라고 하지 말아라

"나보고 오래 살라고 하지 말아라"
누워 옴싹달싹 못하는 어머니
대소변을 닦아내는 데
몇 번이나 당부하듯 말씀하셨어
치부를 드러내는 마음이
너무 서글플 듯 하여
아무 말도 할 수 없었지

늙는다는 건
코 꿰인 소처럼
어찌할 수 없음에
길들어져 가는 건가 봐

모든 것을 내려놓는
비움의 시간인가 봐

온 힘 다해 발버둥쳐야만
기억 한 줄 붙들수 있는 건가 봐.

아프다는 건

"아프다는 건 살아있다는 거여"
90을 넘긴 마을 할머니가 툭 던진 말이지

몸의 기능만 말라가는 게 아니라
눈물이 마르고
맛보는 기능도 말라서
음식간도 못 마추고
마음도 말라가서
기쁜지 행복한지 슬픈지도
언제적 감정인지 잘 생각도 안 나는데
고통만 제일 끝까지 남아서
아직 살아있다는 걸 깨닫게 된데

그러다 고통도 희미해져 갈 때가 있대
현실과 꿈 사이를 들락달락 하시는
어머님을 보고 알았어
고통이 어머님의
꿈길을 닫고
현실에 머물게 하는 중이었구나라는 걸.

무궁화 꽃이 피었습니다

무궁화 꽃이 피었습니다
어머니 꼭꼭 숨어 아니계시네
차마 기저귀차는 나이되어
용변 받아내는 며느리 보고
"나보고 오래살라 말하지 마라"
슬픈 음색 읊조리더니
부러 긴 잠 주무시는 지
"어머니 저녁 드세요"
불러도 불러도
술래 피해 어디 꼭꼭 숨으셨는지
잠 속에서 깨이지 않네.

아이들이 낄낄 웃는다

예배가 끝났다고 손녀 부축받아
걸어가시는데
아이들이 낄낄 웃는다
할머니 엉덩이에 기저귀 삐져나온 걸 보고
손가락질하며 저들끼리 웃는다
하나 둘 하나 둘 걸음떼는 할머니 뒤에서
웃는 줄도 모르고 오른발 왼 발 엉키지 않으려
진땀나게 걷는다
신발도 잘 신고
계단도 잘 내려오고
휠체어에 털썩 주저 앉으며 '휴'가쁜 숨 한번 몰아쉬고
돌아가는 길
아이들은 할머니 엉덩이에 삐져나온 기저귀 생각에
아직도 저들끼리 키득키득 거린다.

어머니의 방

닫힌 문 안
깊은 침묵이 풀어진 방
TV 앞에
뿌리 뻗고 앉은 어머니
길게 목을 빼었다
저 물관 같은 목구멍을 오르락내리락하는
거친 숨소리를
허공에 걸어놓고

날마다 궁리로 깊어지는 심중
사물은 무성영화를 상영하듯 혼자 돌아가는데
어머니는 어둡고 묵직했다

가까스레 몸 옮겨 놓는 길
끌린 자국들이 습한 얼룩처럼 남고

어떤 한적한 날에나
햇볕이 코를 벌름대며
어머니를 빛 속에 세워두기도 한다.

노모의 섬

문을 닫고 침대에 걸터앉아 시린 무릎 웅크린 채
리모컨을 누르면 하르르
바다가 쏟아진다
문 뒤로 아침나절 바쁜 걸음 몇 개 흐르고
종일 적적함 또 몇 뭉치 뭉쳐 있고
오늘 같은 날은 햇발도 시린 손끝 감추려고 구름 뒤에서나 있고
어머니 방으로 먼 바다에서 돌아온 밀물이 차 오른다

철썩
사방 가로막힌 벽에 닿아 부서지는 파도를 두르고
닫힌 문, 닫힌 창
TV 음량 수위를 낮추면
따라 몰려나가는 물결의 잔등
마른 멸치 내장이나 떼 내면서
문득 내장도 없이 어린 고기떼들이
바구니에서 팔딱거리며 뛰쳐나가
허공에 비잉빙 헤엄치는 것을 본다
종일
단단한 저 문

허공에 걸어 둔 저녁 한 때를 휘젓는 것을 본다

불쑥 고개를 쳐들고 꼬리치는
목에 걸린 침묵 가까스로 뱉어내느라
외로움 한 덩이
갯바위 같은 것을 본다.

어머니는 인어

어머니는 인어
이제서야 다리에 비늘이 드러났다
발이 묻혀온 어둡고 묵씬한 물의 기억이
자국처럼 벗겨져 내린 걸음은
하루에 고작 열 걸음을 넘어서지 못하는 나이

걸음과 걸음의 안간힘의 깊이
걸음과 걸음의 안간힘의 거리
걸음과 걸음의 안간힘의 무게로
비린 물 냄새

밤에서 밤으로 흔들리는
쪽배 같은 침상에 누워

가까스로
열 발자국의 과거를
열 발자국의 쓸쓸함을
그리고
한 발자국의 오늘을 기억해 내는 것이다.

울음

갑자기 설움 복받쳐 운다
지난 세월을 어찌 살았나 억울해 운다
굳게 다잡던 마음결이 자꾸 엷어지더니
못내 서러워 운다
다 살고 났더니 안심되어 운다
울음 한 점 맘 놓고 못 울어보아서 이제야 운다

살아온 길 기특하였다고
자식들 잘 키워냈다고
마음이 자꾸 옛길로 접어들어
남편만 생각하고 산 세월 바보 같아
마음에 것 덜어내고 훌훌 가벼워지려고

어머니가 운다.

밤

외로움이 켜켜에 뿌려진 채
무릎과 허리와 관절들이 절여졌나 보다
팔팔한 생기는 오래전 사라지고
몸 안의 물기도 말라
마른 논바닥 같은 주름이 패인 채
방 안에 담겨진 걸 보면

환하게 걸어 둔 전등이 달빛처럼
내리는 밤이면
덩달아 켜 두던 TV
깊게 패인 주름위로 자장자장 잠재우듯
굽은 등짝 슬슬 쓸어내리듯
고요한 밤하늘 한 장 도려내
어머니 몸 위로 덮어 주면서
오늘도 수고했다 환한 얼굴로
이야기해 주는 걸 보면......

밤이면

산마을 어둠자락에는
초저녁이면 일찍 올라오는
어스름 별 들
낡은 기와집 아래로
생의 마지막 심지에 불을 놓듯
당신이 켜 올린 불빛

별들은 밤마다 하늘에서
낡고 허스름한 당신의 들창 속으로
뛰어듭니다.

팔십 중반이 넘은 후로

어머니의 시간은 침대에 누워있다
가까스로 뒤척여
회상으로만 등 짓눌려 오는 몸을
틀어보곤 한다

아쉬운 것들 무예 많아서
말들도 지치면
눈동자에 깊은 허공이 든다

그 앞에 마주 앉으면
한없이 고즈넉하여 눈물도 돈다

혼자서는 일으켜지지 않는 시간을
조심스레 보듬어 앉히면
때가 됐냐고 밥 한술 뜨고
도로 눕는다
밥 한술 뜨고 누워도 살찌는 것도 없이
야윈 얼굴과 손바닥
눈동자 속 깊은 허공, 가끔 푸르게 차올라
수고 많다 전해 주고는 하는 것이다.

효자 되는 길

한 집에서 십 년 모셔보니
알겠다
효자 소리 들으려면
멀리 살면 되겠다
한 달에 한 번 용돈 꼬박꼬박
드리면 되겠다
일주에 한 번 안부 전화라도
드리면 되겠다
어머니 고생하신다
불쌍히 여기면 되겠다
그러면
세상에 이런 효자 없다고
자랑이 자자하겠다.

시어머니

-나 요양원 안 가. 여기서 살테야
명절이면 큰아들 집에서 이틀을 못 넘기고
어쩌다 서울 사는 아들 집도 이틀을 못 넘기고
다시 모셔오면
-아들 참 효자네요
누가 묻는 말엔
-서울 아들은 더 효자요
말이나 하고......

효자

어머니 방안에 화장실을 들이고자
새집 지어 이사한 후
목수가 물었단다
—막내 아들 참 좋지요?
—우리 서울 아들은 더 좋아라.
에어컨이랑 냉장고를 넣어 주었다고
십여 년을 모시고 산 아들보다
먼데 아들이 더 좋다는 말을 듣고
'그럼 서울 아들보고 모시고 살라 그러세요'
속으로만 한소리 내 던진다.

왜 이리 안맞는 게 많을까

왜 이리 안맞는 게 많을까
떨어져 살때 전혀 몰랐어
세상에서 제일 인자하고 좋은 분
항상 내 편일 것 같은 분

함께 산다는 건
감춰뒀던 나와 너가
어떻게든 맞춰지려고
덜그덕거리는 건가 봐

아들을 중심으로 돌아가는
어머니 세상에서 나는
이방인 같았어

우린 산 정상에서 만났다가
나 혼자 끝없이 협곡 아래로
떨어지는 것 같았지

어디에도

나 있을 곳 없다고 여기며
그렇게 살았어 우리 함께.

되돌아가기

고집불통
쇠심줄
뜻대로 안되면 마구 화내고
죽어버리면 되지 협박이나 하고
누구 주려는 지 구석구석 맛난 것
숨겨놓고
우쭐대기 좋아하고
잘했다 소리에 귀 팔랑거리고
싫은 소리 나오면 팽 토라져
이불 쓰고 눕고
어째 어째
하는 행동이 꼭 누구 같기나 하고.

어떤 날 어머니는

그냥 싫었어
홍어 잘 드시는 것도 싫고
오리고기 좋아하시는 것도 싫고
비싼 소고기만 찾으시는 것도 싫고
묵은지 안 먹고 생지만 찾는 것도 싫고
고구마 좋아하는 것도 싫고
장어가 좋단다 말하는 것도 싫고
한동안은 다 싫었어
어쩌다 통닭시키고
어쩌다 돼지고기 사 먹고
어쩌다 큰 맘먹고 짬뽕 사먹는데
끼니때마다 새 반찬 하나씩
올리는 게
저 비싼 반찬 올려도 다 안 먹고
남기는게 정말 싫었어

그러다 생각했지
내게로 오신 예수님이려니
정성껏 이 보다 더한 대접
아니하겠나 싶었어.

내가요?

시어머니와 친정엄마 두 분을
모시고 사니 알겠다
시어머니 반찬투정하면 '아무거나 잘 드시지'하고
친정엄마 반찬투정하면 '뭘 해드릴까'생각하고
시어머니 잔소리하면
마음 속에 꾹 눌러담아 남편에게 투정하고
친정엄마 잔소리하면 '외로워서 그러나?' 생각하고
시어머니 아들아들하면 제자식 밖에 모른다 생각하고
친정엄마 딸 딸하면 애틋한 맘 한 스푼 더해지고
시어머니 먼데 자식과 웃으며 통화하면
'모시는 형제 고생한 건 몰라준다' 서운하고
친정엄마 먼데 자식과 웃으며 통화하면
'자주자주 연락하지' 흐뭇하게 여겨지고
시어머니 먼데 아들 효자라 자랑하면
'그 댁에나 가서 살지' 괜한 심술 생겨나고
친정엄마 먼데 자식 효자라 자랑하면
형제들 마음 씀에 대견한 생각 가져보고
시어머니 부엌살림 만지작거리면
'걸리적거리게 왜 저러시나' 기쁘다 아니하고

친정엄마 부엌살림 만지작거리시면
딸 때문에 애쓰신다 애처럽고 고마워서
'엄마 솜씨 최고, 내가 엄마 닮아 솜씨 좋지'
살짝 한 번 안아도 보고
시어머니 말은 다 귀에 거슬려서 좋게 담겨지지 않고
친정엄마 말은 다 애틋해서 마음 더불어 애틋한데
동네 사람 지나가다
"그 며느리 참 애쓰네 효불세"하면
한없이 부끄럽고 죄송한 맘 이제야 깨달아
"내가요?" "아니에요"

시어머니만 모실 땐 애쓰는 줄 알았는데
친정엄마 함께 계시니
아니란 걸 이제 알겠네.

내가 후회할 줄 알았어

내가 후회할 줄 알았어
어머니 가시면 분명
후회될 것 같았어

어머니 옛적 사진 보고
참 곱다
어머니 지팡이 짚고 앉은 모습 보고도
참 고우시구나 싶었어

한 번 더 안아드릴 걸
한 번 더 눈맞춤할 걸
한 번 더 사랑한다 말할 걸
한 번 더 감사하다할 걸
아, 한 번 더
눕는 모습 볼걸……

어머니 방을 청소하는데

어머니 방을 청소하는데
오랫동안 베인 냄새를
쉽게 걷어내지 못하겠어
좋은 향기는 꽃과 같아서
금새 시들어버리는데
종일 쓸고 닦고 또 닦아내도
가만히 앉아 있으면
어디선가 그 냄새가 올라와

장판 사이의 골에 낀 묵은 때도
옷핀으로 긁어내고
향수도 뿌려두었는데

코끝에 걸린 이 냄새는
도데체 어디에 붙어있는 걸까

모처럼
주인없는 방의 물건들
가지런히 정리하면서

옛적 어머니
참 고운 사진이나 보면서

들고나는 바람따라 들어오는
창밖 까치소리에
어디
어머니 행여 오시는가
귀기울여도 보면서......

어머니 다시 돌아올 수 있을까

시간이 갈수록
"고맙다"라는 말만 하셨지
과일 한 조각 드실 때도 "고맙다"
밥상을 받으시면 "고맙다"
청소하면 "고맙다"
기저귀 갈고 나면 "고맙다"

처음으로 기저귀 갈던 날
내가 빨리 죽어야 하는디
이꼴 보일라고 여태 살았는가 싶다며
벽에서 얼굴을 돌리지 않으셨어

가만히 어머니 어깨를 쓰다듬었어

나도
늙어가는 중이라서
나도
내 뜻대로 못 할 날들 올 것 같아서......

어머니 방 벽에

어머니 방 벽에
다닥다닥 붙여진 사진을 떼어냈더니
종이도 덩달아 함께 떼어져
벽의 속살 보이더라

어머니 기억을 감싸고 있던 것들을
꼭 뜯어내어 버린 것 같아서

한 참을 들여다 보았어

보이는 벽의 속살만큼
어머니 기억이 빠져나가 버린 것 같아서
다시 붙여두고 싶었지

그러면 어머니
기억하실지 몰라
누구야
누구야
반갑게 맞으실 것만 같아서......

분홍색 단화

현관을 나서다 보았어
뒤축 접힌 채 가지런히 놓인
어머니의 분홍색 단화

물때처럼 빠지고 들던
주인을 기다리며
매여 있었어

119에 실려 맨발로 떠난
주인은
고향을 찾아 오랜 항해를
시작했는데

기약없이 떠난 줄도 모르는 채
빛들지 않는 구석에서
물때를 기다리고 있었어.

그때가 꿈인가 싶네

그때가 꿈인가 싶네
처녀적 일 들어보라고
옆에 앉히던 일하며
밥상 받으면 고생했네하고
드시던 모습하며
손하트 따라
사랑해 사랑해 말하던 일하며

"아가야 아가야~"
'어휴 또 부르시네' 못 이기듯 일어나
수발 들던 일하며

가끔씩은 고운 어머니얼굴
쓰다듬으며
"함께여서 감사해요" 눈 마주친 일하며

둘이 씽끗 웃음 짓던 일하며
모두 꿈이었던 듯 싶네.

병원에 가자마자

병원에 가자마자
밤새 헛것이 보이는 지
옛동네 미선엄마를 부르고
미선 아빠도 왔다고 반가워라하고
병원에 가자마자
정신줄 놓으시려는지
우리 어머니 저 먼 옛 고향에 찾아가서
돌아오시지 않네
치부 다 드러내어 용변 의탁하는 것
못할 일이라고 하시더니
자식 손 떠나
남의 손에 닿자마자
어머니 꼭꼭 숨어버리시려 하네.

늦은 마음

길

세상의
단단한 길들은
죄다 사라지고
말랑하고 물컹한
길을 걸어가는
늙으신 어머니가
비틀거리고 자꾸 넘어지는 걸
일으켜 세우다 알았어

내 길도
말랑해지고 있다는 걸.

허투루

허투루 듣고 살 일 아니다
어디 앉을데만 보인다는 어머니 말
내가 그 나이 다다르니 알겠다

어디 마음 둘데 없이 정처없다는 말
내가 사랑하는 사람을 잃어보니 알겠다

괜한 말에도 마음 쓸린다는 말
가벼운 농담도 어느 날은
심중에 꽂혀보니 알겠다

세상 어느 것 하나 허투루 볼 일 아니다는 말
나이 오십 너머가니 알겠다.

요양병원에서

당신이 마주한 건
외로움

그 문을 열고 닫는 건
깊은 잠

당신이 오래도록 잠드는 건
다
외로움 때문이겠지요.

그래도 좋겠다

매일 보행기를 끌고
마을을 한 바퀴씩 도는 할머니들은

매일 지팡이 짚고
성지를 순례하듯
마을을 밟아보는 할머니들은

매일 부축을 받아
차에 오르내리며
어르신 유치원에 다녀오는 할머니들은

그나마 집에서
요양보호사에게 이것저것
도움받을 수 있는 할머니들은

그래서
며칠 아프고 조용히 숨 내려놓는
할머니들은

정말 좋겠다.

어느 꽃이건

어느 꽃이건
시들지 않는 꽃 어디 있으랴

시들어 가는 꽃
지켜보는 것

그 천천한 여정
곁에 있는 것

시듦의 순간을 잠시
마주하는 것

왜 이리 가슴 아픈 일이던가.

어머닐 보면

어머닐 보면
영산홍 꽃이 생각나
꽃술에 달려 긴 낙화를 견디던
안간힘으로 생을 붙들고 있는
모습 같아서
낙화를 맘 졸이며 지켜보았지

방문 너머에 어머님이 계셔
언제까지 견뎌낼 수 있을까
당신의 낙화를
지켜낼 수 있기를

아, 영산홍 꽃술이
기일게도 기일게
손 늘어뜨려
곱게 내려놓는다, 저 꽃.

내 어릴 적 뛰놀던 산에는

내 어릴 적 뛰놀던 산에는
동백꽃 피었더랬는데
고라니라도 지나면
어여쁜 꽃들
화들짝화들짝 제풀에 놀라
비워졌었지

숲길 위에 붉은 꽃
즈려밟을까하여
걸음도 사뿐히 비껴갔었지

좋겠다, 저 꽃
낙화도 눈 시리게 어여뻐
한없이 바라보게 하는 거라니.

꽃지는

꽃지는

저 숭고한 의식을

어찌 받들어야 하나

어머니 누운 자리가

깊고 무거워진다.

어머니 전 상서

휠체어에 앉아 석양을 바라보는
모습이 마냥 쓸쓸해 보이는 것은
당신의 흰머리 때문만은 아니어요
병원을 옮기던 날
한 번씩 곱슬곱슬 말고 염색하던 머리를
짧게 잘라버린 사람들에게
아무 말도 못 하셨을 그 상황이
알아채져서 그런 건지 모르겠어요
함께일 땐
당신 뜻 한 번 굽힘 없었는데
낯선 이들에 둘러싸여
어째라 저째라 할 수 없는 상황이
얼마나 두렵기까지 했을까요
그 손길에 길들여지도록
당신을 내려놓는 시간이
눈물집니다
당신의 뒷모습을
내가 닮아가고 있는 중이라
거기에 내가 앉아 노을을 보는 듯하여
서글픔이 사무칩니다.

후회

오십 넘어가면 다 느려지더라
이곳저곳 아픈 데만 생기지

살면서 듣는 잔소리를
퍽이나 거스르며 살았어요

당신과 함께 일 때도
뭐든지 귓등으로 흘려들었나 봐요

몸 잽싸게 놀리면 숨이 차고
허리며 어깨와 무릎
관절이 뻑뻑해지는 나이 돼서야

당신의 모습이
원치 않아도 내가 살아갈 나중이란 걸
깨닫게 되면서

당신의 말을 주섬주섬
이제야
가슴으로 담게 됩니다.

편지

어머니
내 생이 당신에게로
가는 중입니다

벌써 이만큼
닮아 왔습니다

당신의 길목이
아련하고 서글퍼
한없이 마음 쓰이는
새벽입니다.